U0143361

人美書譜

楷書

元 趙孟頫 妙嚴寺記

趙孟頫書

人民美術出版社
北京

簡介

趙孟頫（一二五四—一三二二）是元代著名書畫家，不僅繪畫創一代新風，書法更是元代書壇領袖。他擅長真、行、草、隸、篆各種書體，其中以行楷書造詣最深，有自己獨特的風格，被后人稱爲『趙體』。趙孟頫在世時，作品已經受到世人的認可，連皇帝也對其作品推崇有加。趙孟頫父親曾在宋朝爲官，宋亡后，趙孟頫在仕元與隱居之間摇擺，内心充滿苦悶與矛盾。除書畫以外，有時也參禪問道，與當時的一些禪師有頗多交往，也抄寫過不少經卷，用這種方式來保持内心的虚淡謙和。

《湖州妙嚴寺記》又稱《妙嚴寺記》，紙本横卷，牟巘撰文，趙孟頫楷書書寫并篆額，全文八十余行，滿行九字，是趙孟頫楷書的經典之作。

《妙嚴寺記》主要記載了妙嚴寺的歷史由來以及寺廟刻印《華嚴經》《法華經》等佛事。撰文者牟巘曾在南宋爲官，元軍攻破臨安後，隱居家中，與趙孟頫爲鄰。牟巘撰寫這篇作品時，趙孟頫正在湖州的家中，二人作爲忘年之交，共同完成了這篇作品。《妙嚴寺記》通篇筆勢圓勁流麗，結構布局端莊秀美，篇后還有歷代文人的跋文多篇。爲便於讀者規範識讀，碑文中的异體字在釋文中用（）注明正體字，并附局部放大，供讀者臨習參考。

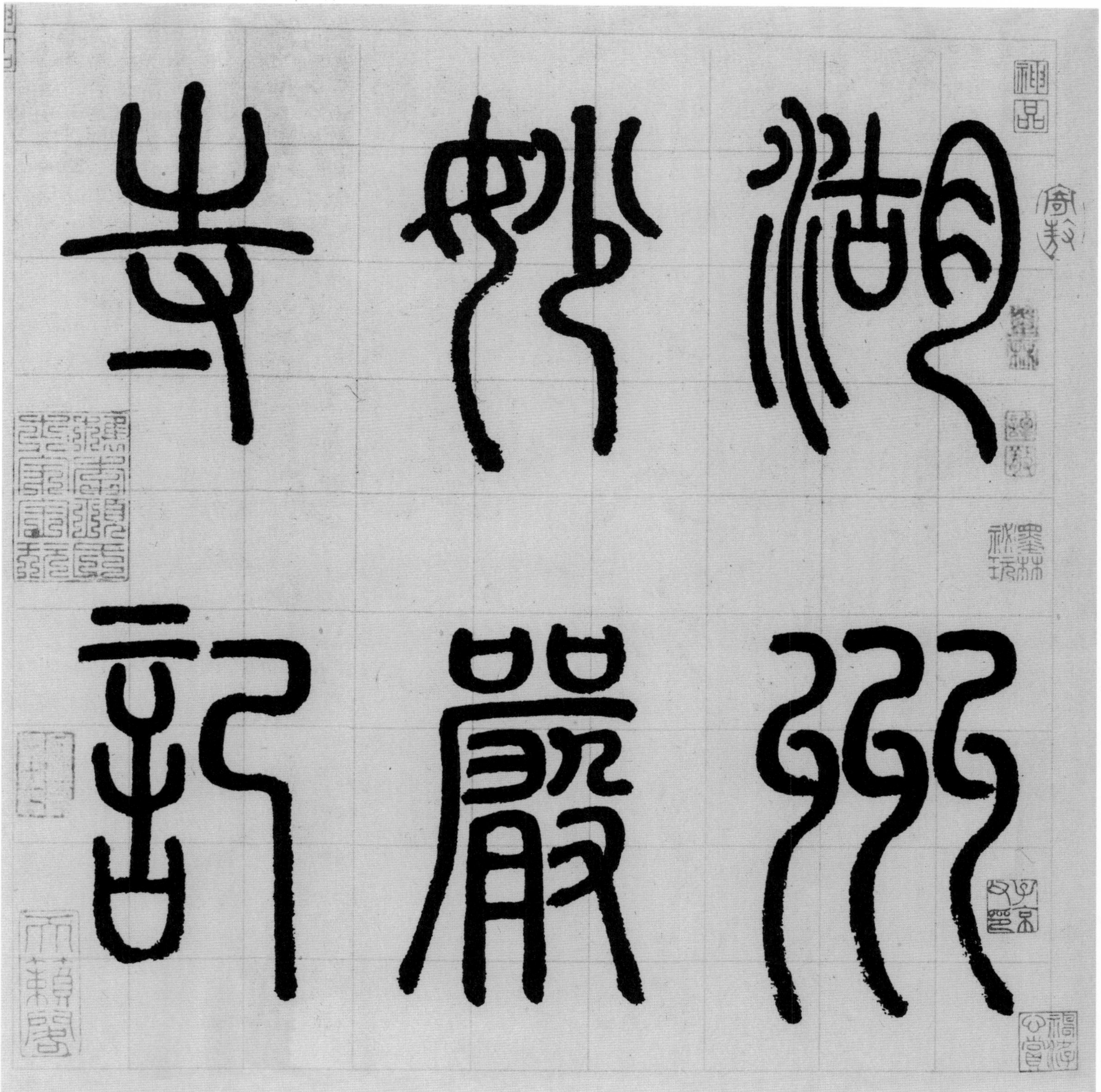

湖州 妙嚴 寺記

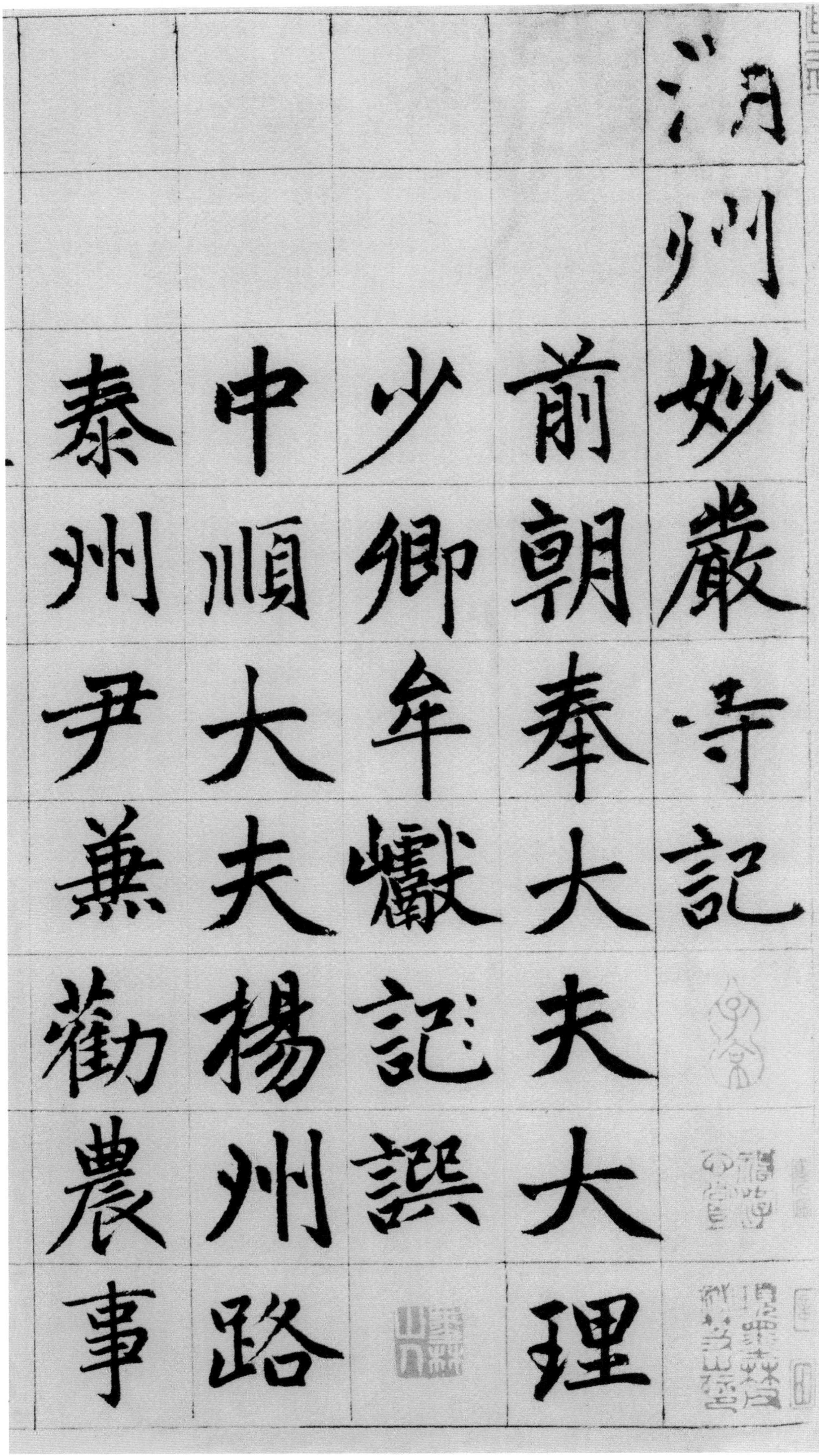

湖州妙嚴寺記　前朝奉大夫大理　少卿牟巘記譔　中順大夫揚州路　泰州尹兼勸農事

趙孟頫書并篆額　妙嚴寺本名東際距吳　興郡城七十里而近曰　徐林東接烏戍南對涵　山西傍洪澤北臨洪城

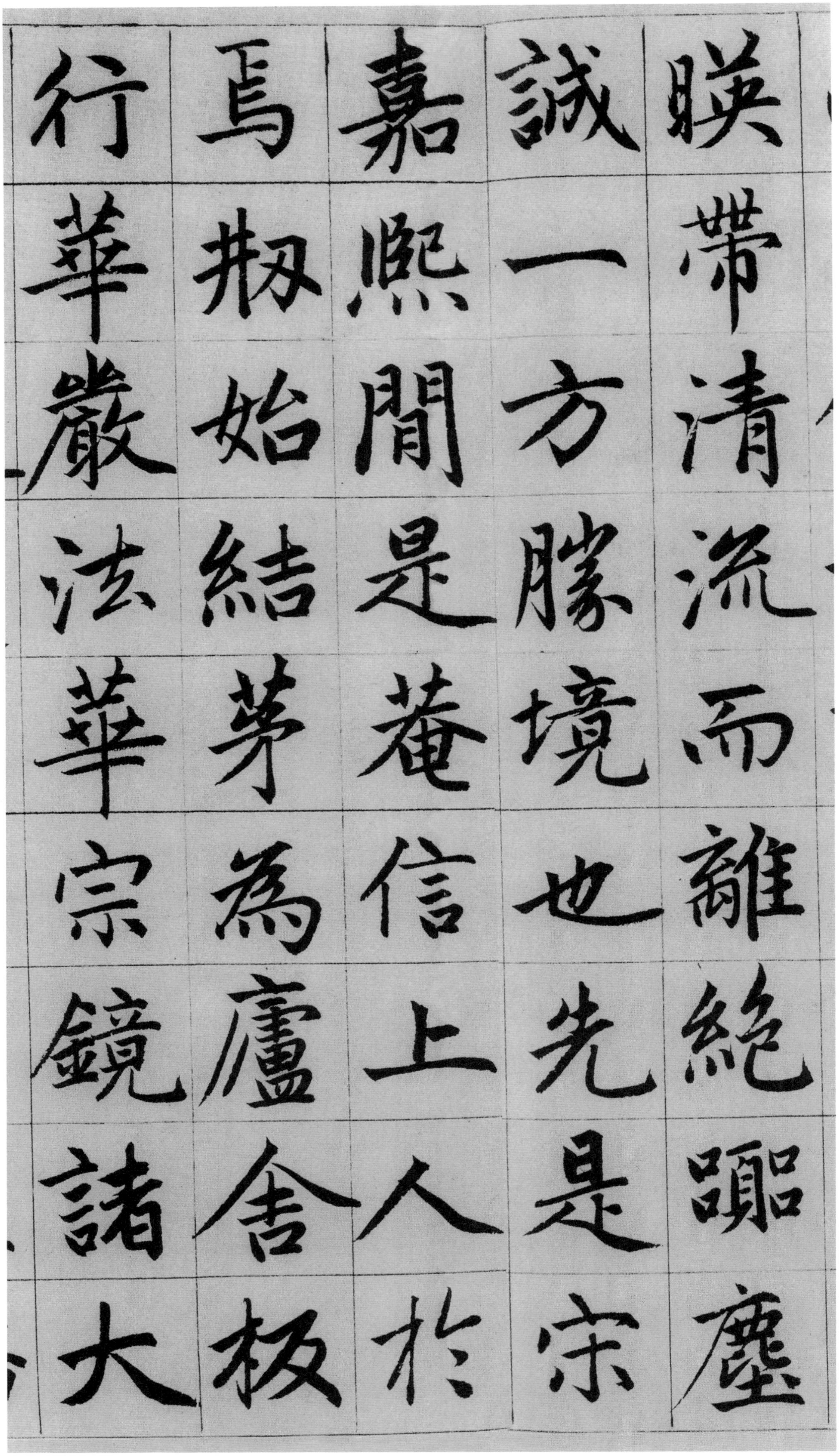

暎（映）帶清流而離絶蹓（囂）塵　誠一方勝境也先是宋　嘉熙間是菴（庵）信上人於　焉剏（創）始結茅爲廬舍板　行華嚴法華宗鏡諸大

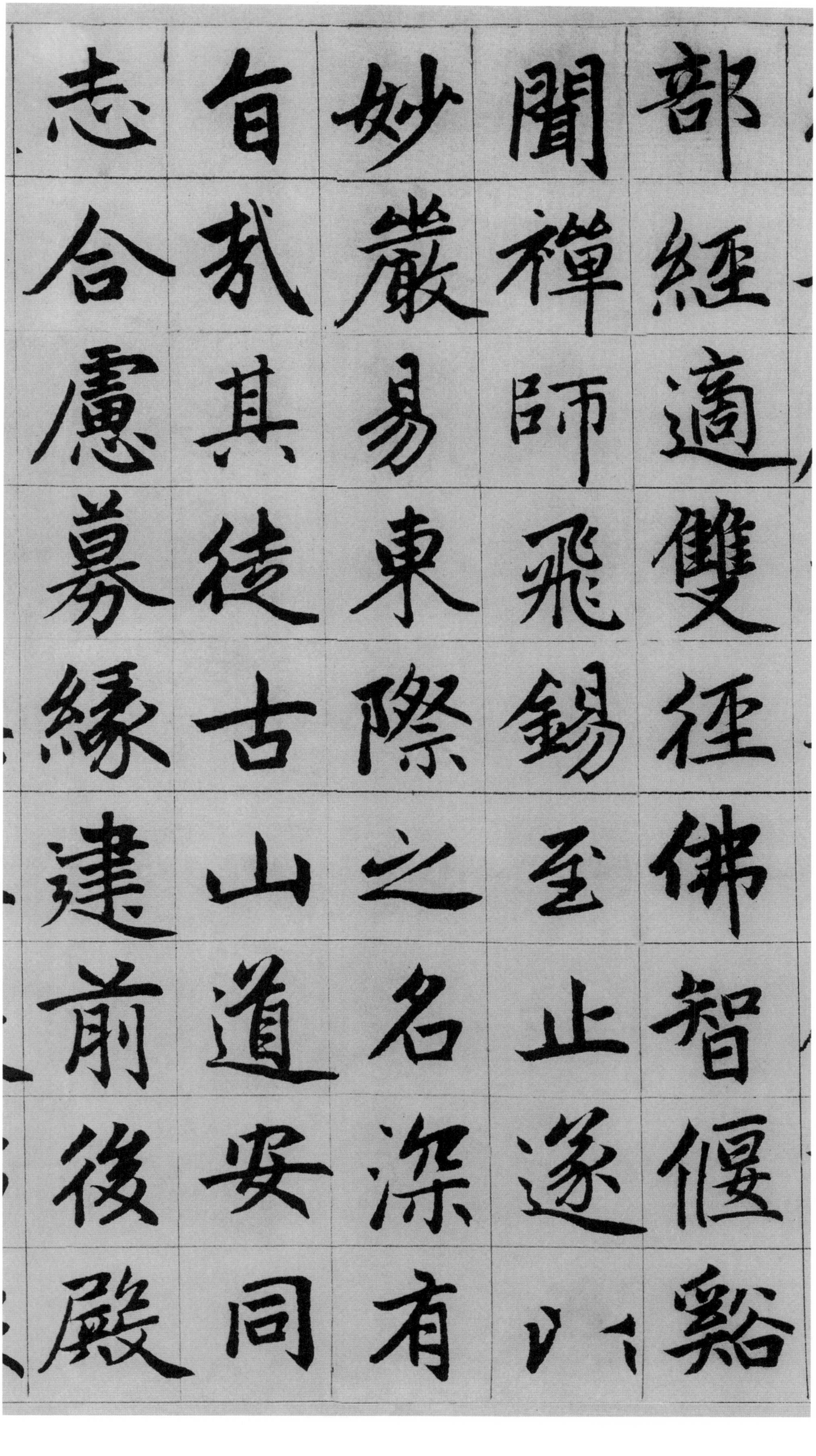

部經適雙徑佛智偃谿　聞禪師飛錫至止遂以　妙嚴易東際之名深有　旨哉其徒古山道安同　志合慮募緣建前後殿

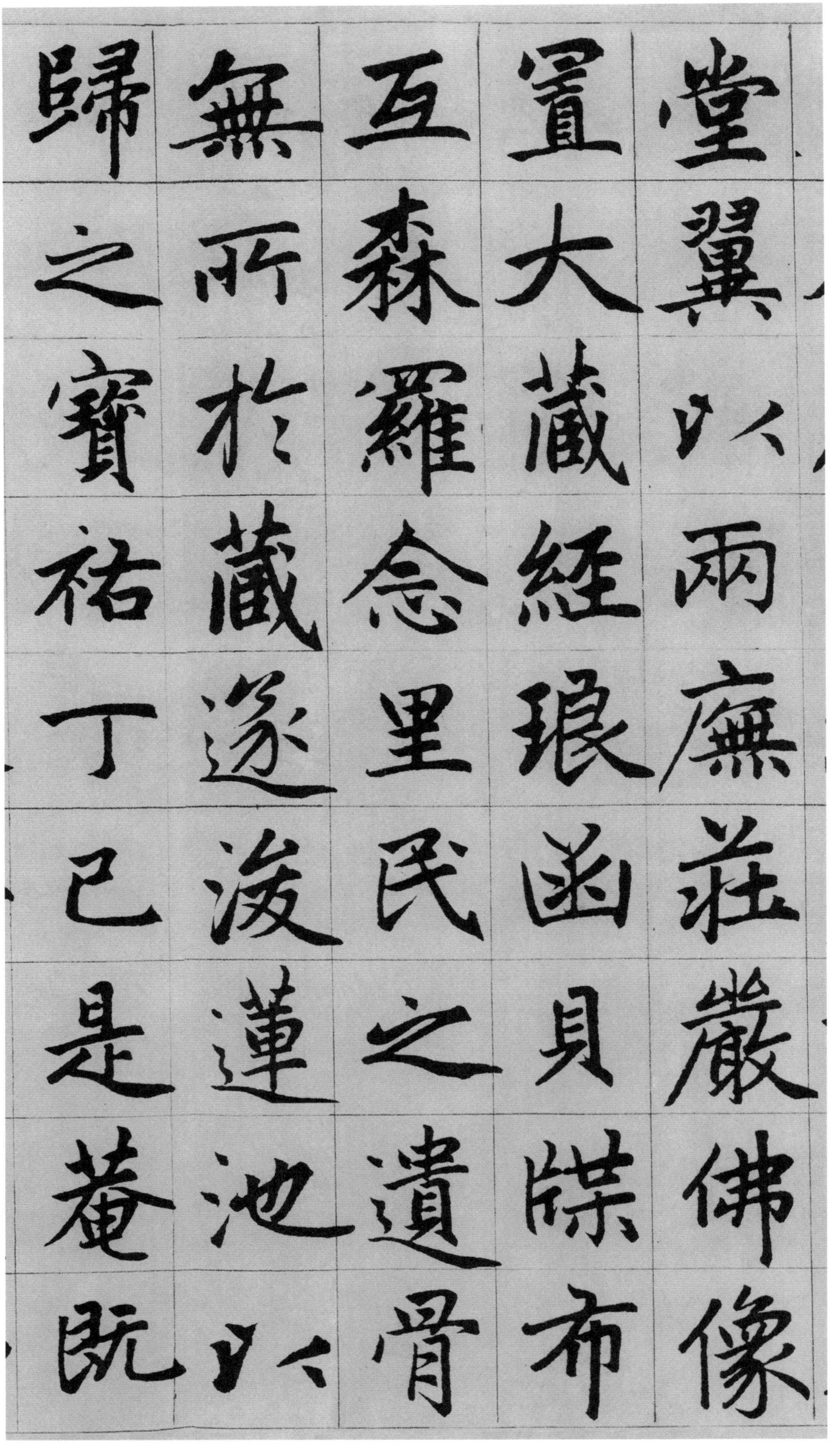

堂翼以兩廡莊嚴佛像　置大藏經琅函貝牒布　互森羅念里民之遺骨　無所於藏遂浚蓮池以　歸之寶（寶）祐丁巳是菴（庵）既

化安公繼之安素受知　趙忠惠公維持翊助給　部苻為（爲）甲乙流傳朱殿　院應元寔（實）爲之記中更　世故刦（劫）火洞然安公乃

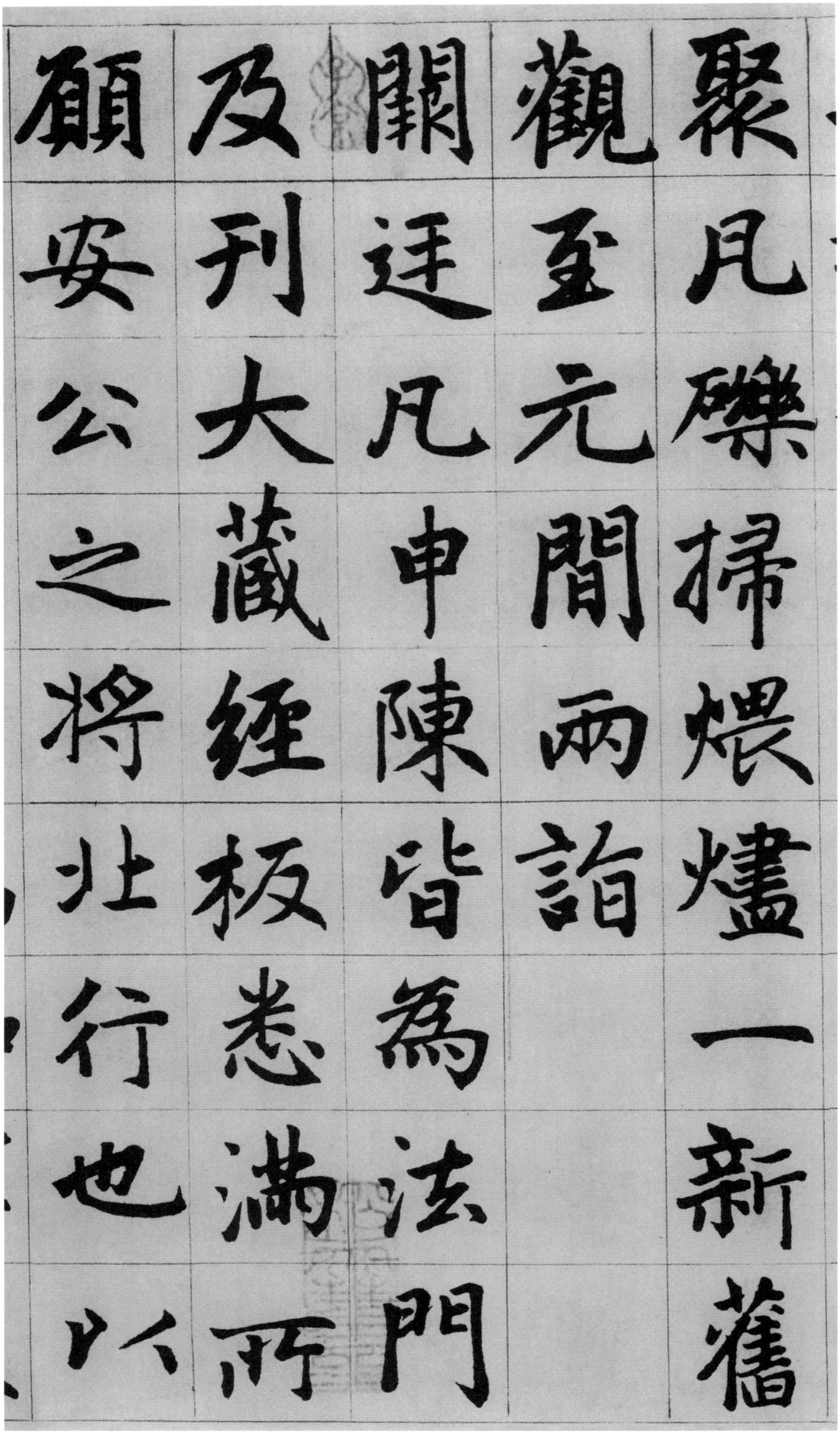

聚凡礫掃煨燼一新舊　觀至元間兩詣　闕廷凡申陳皆為（爲）法門　及刊大藏經板悉滿所　願安公之將北行也以

院事勤重付囑如寧後　果示寂于燕之大延壽（壽）　寺盖一念明了洞視死　生不間豪髮寧履踐真　實追述前志再庋一大

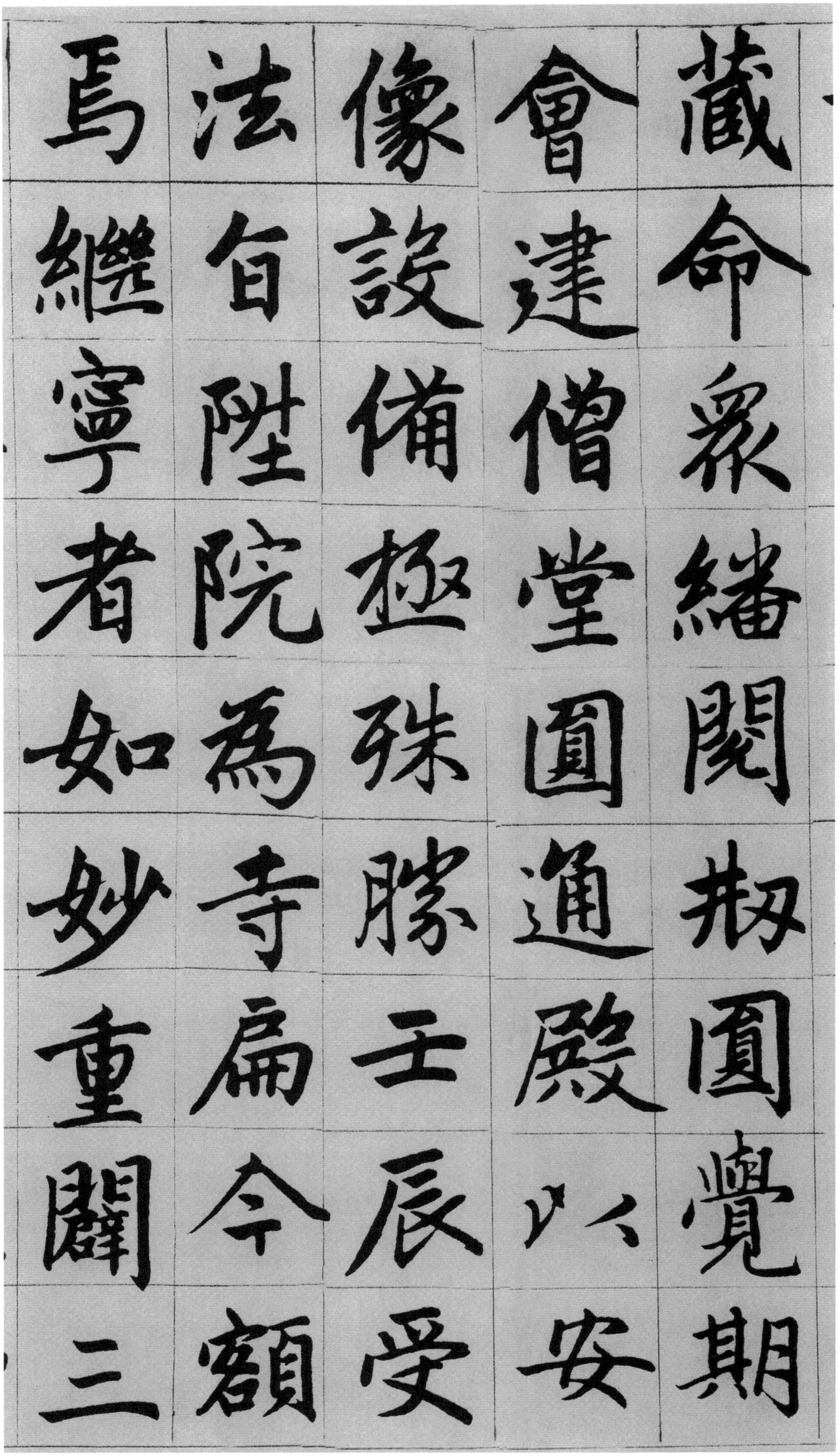

藏命衆繙（翻）閱刱（創）圓覺期　會建僧堂圓通殿以安　像設備極殊勝壬辰受　法旨陞院為（爲）寺扁今額　焉繼寧者如妙重闢三

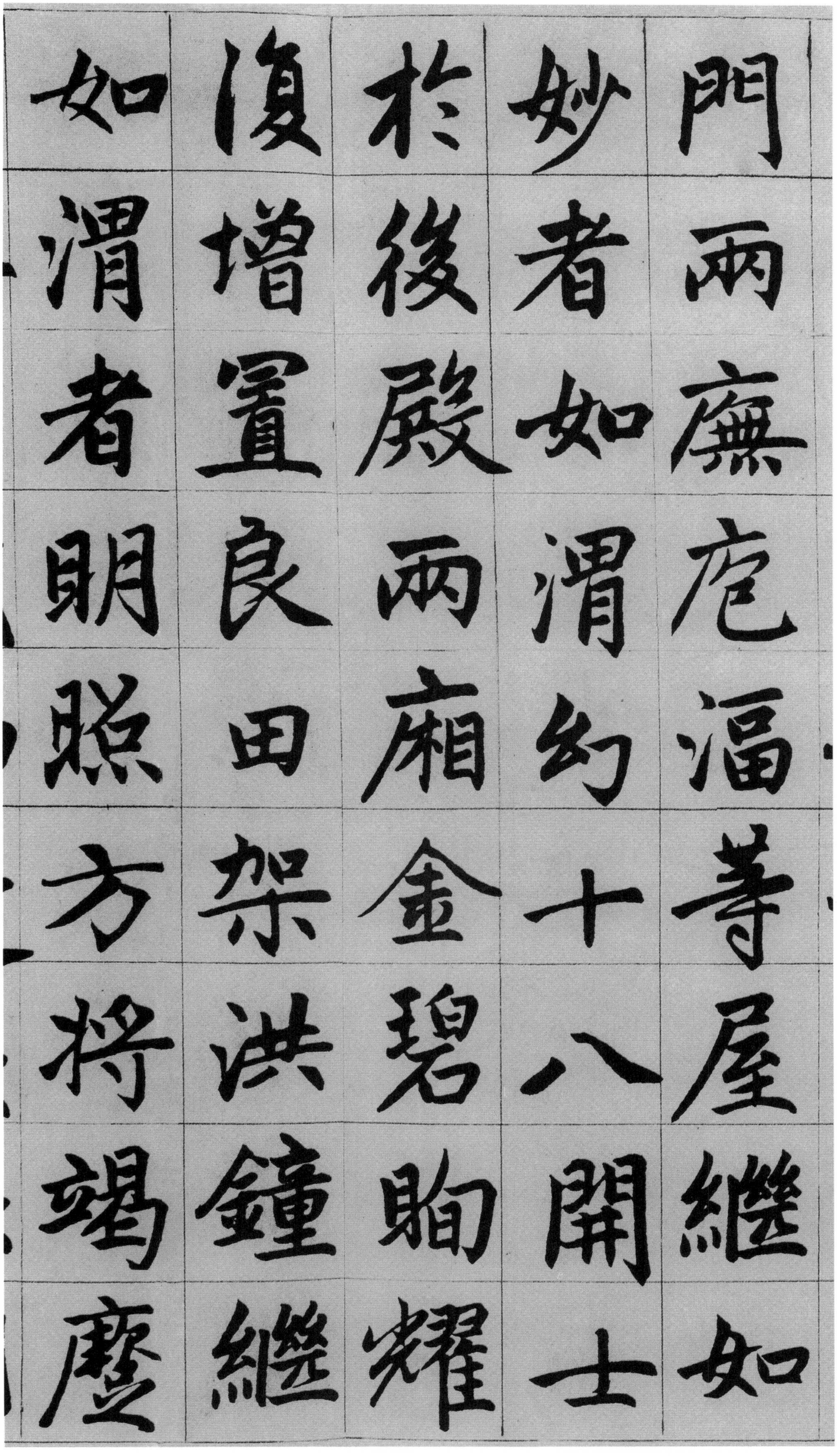

門兩廡庵湢等屋繼如　妙者如渭幻十八開士　於後殿兩廂金碧眴耀　復增置良田架洪鐘繼　如渭者明照方將竭蹷（蹶）

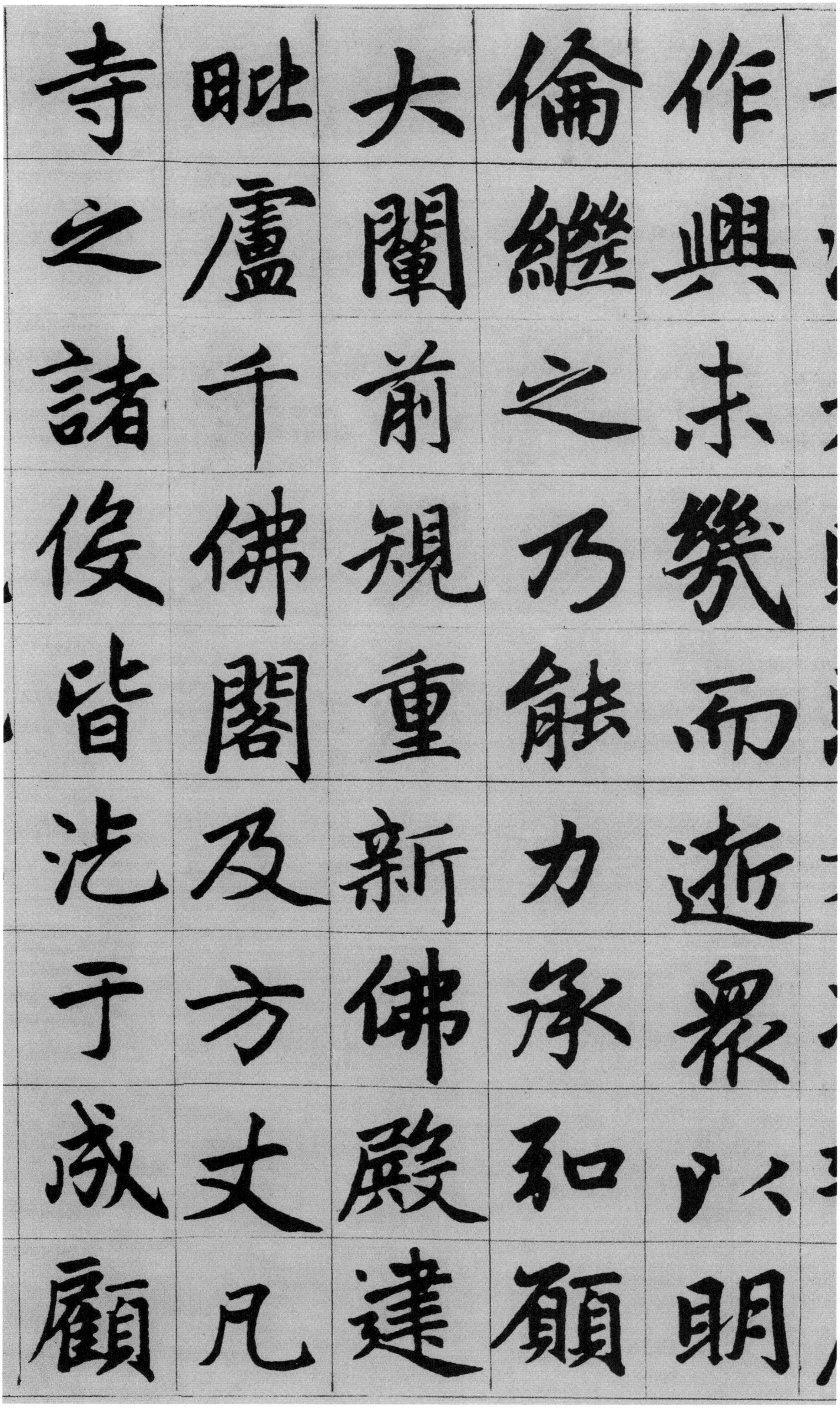

作興未幾而逝衆以明　倫繼之乃能力承弘願　大闡前規重新佛殿建　毗盧千佛閣及方丈凡　寺之諸役皆汔于成顧

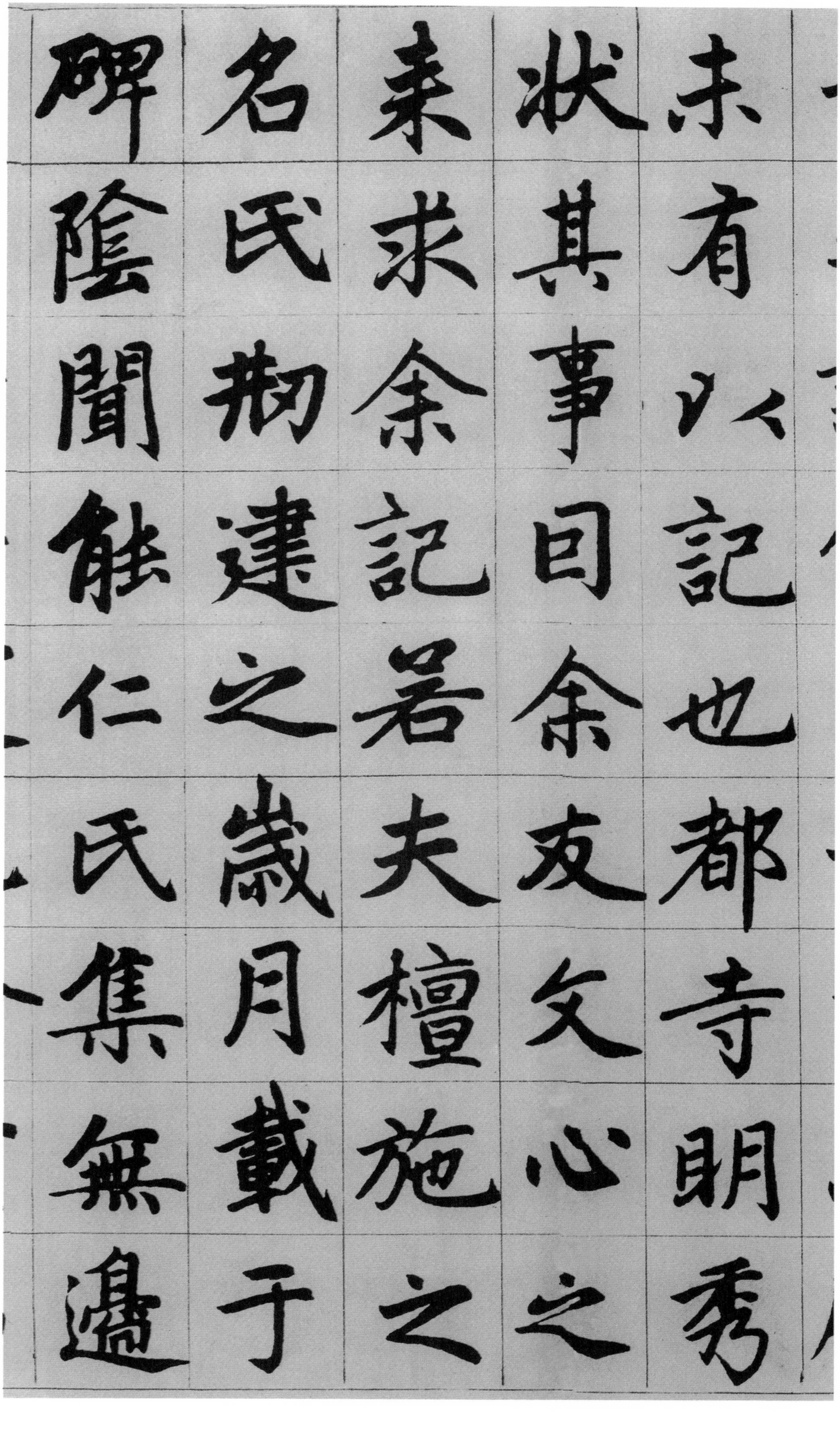

未有以記也都寺明秀

狀其事曰（因）余友文心之

来求余記若夫檀施之

名氏刱（創）建之嵗（歲）月載于

碑隂（陰）

聞能仁氏集無邊

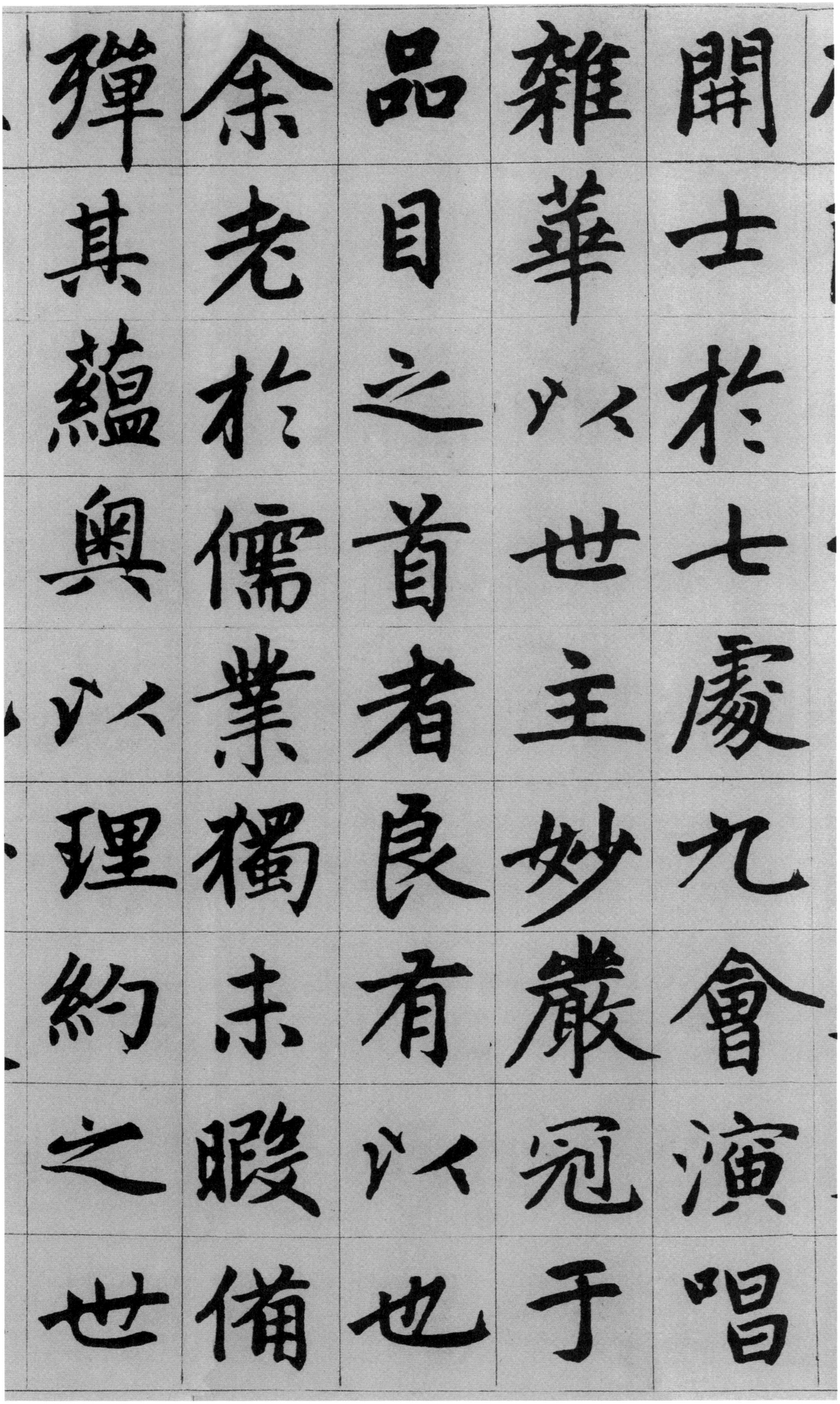

開士於七虜（處）九會演唱　雜華以世主妙嚴冠于　品目之首者良有以也　余老於儒業獨未暇備　殫其蘊奧以理約之世

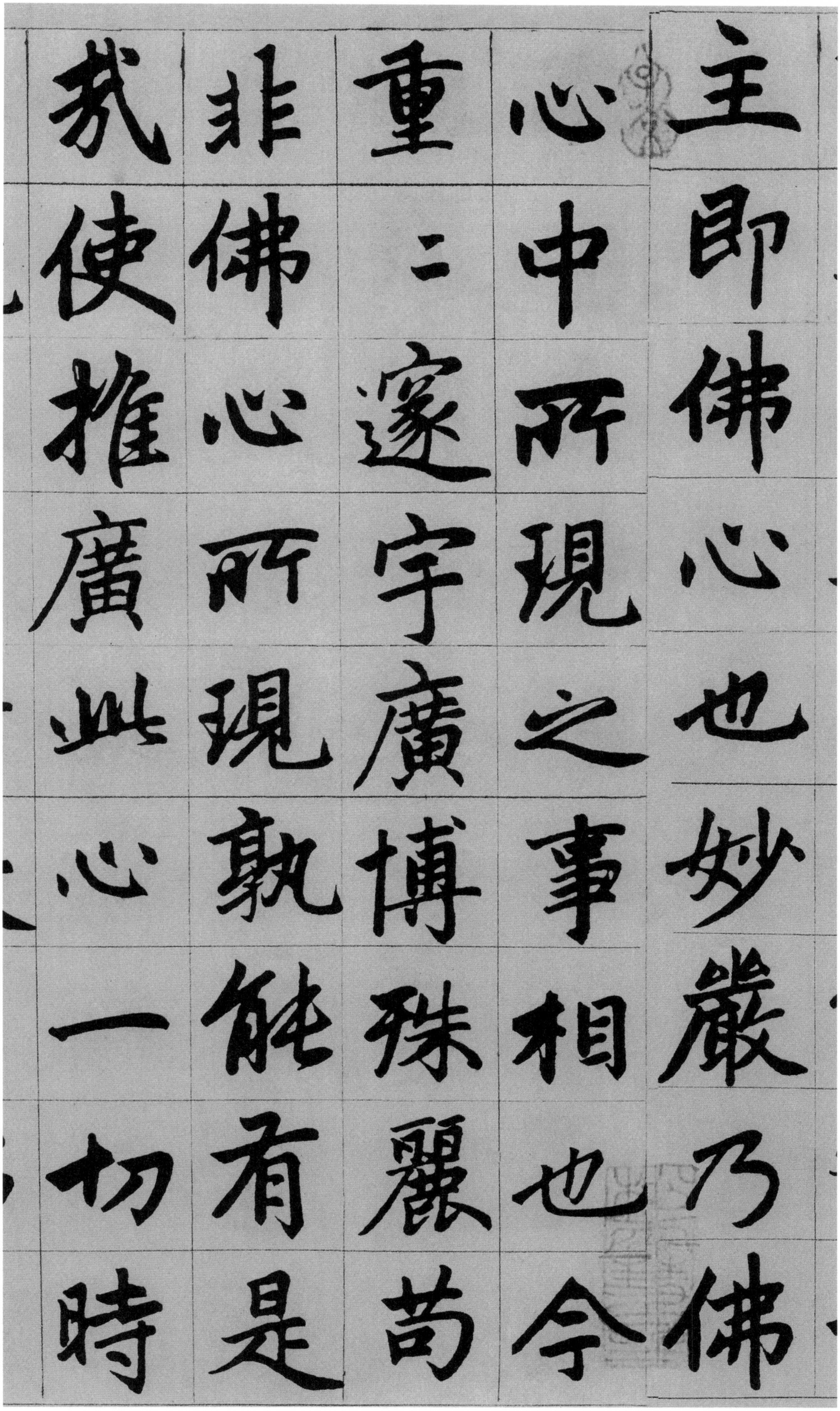

主即佛心也妙嚴乃佛　心中所現之事相也今　重重邃宇廣博殊麗苟　非佛心所現孰能有是　哉使推廣此心一切時

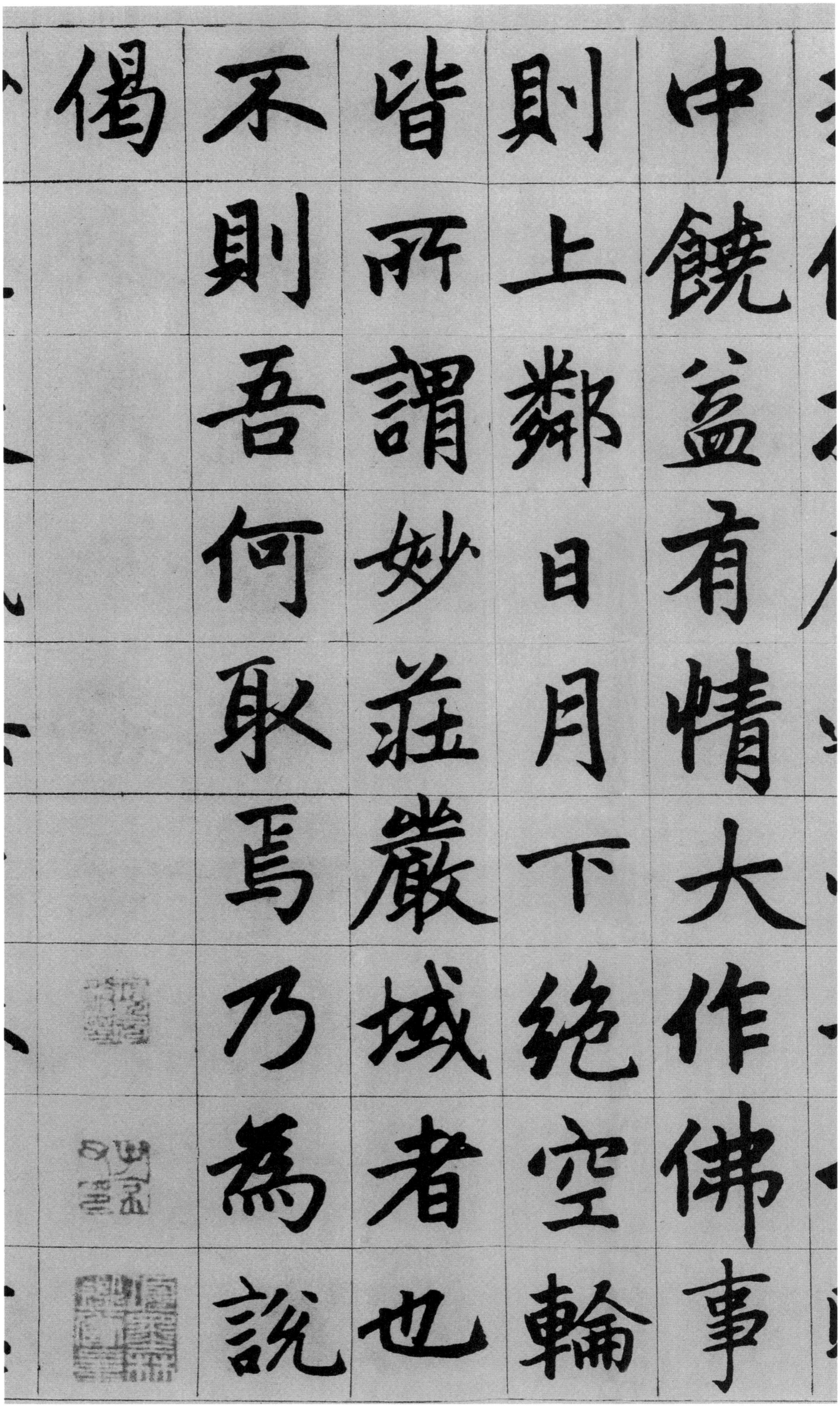

中饒益有情大作佛事　則上鄰日月下絶空輪　皆所謂妙莊嚴域者也　不則吾何取焉乃爲説　偈

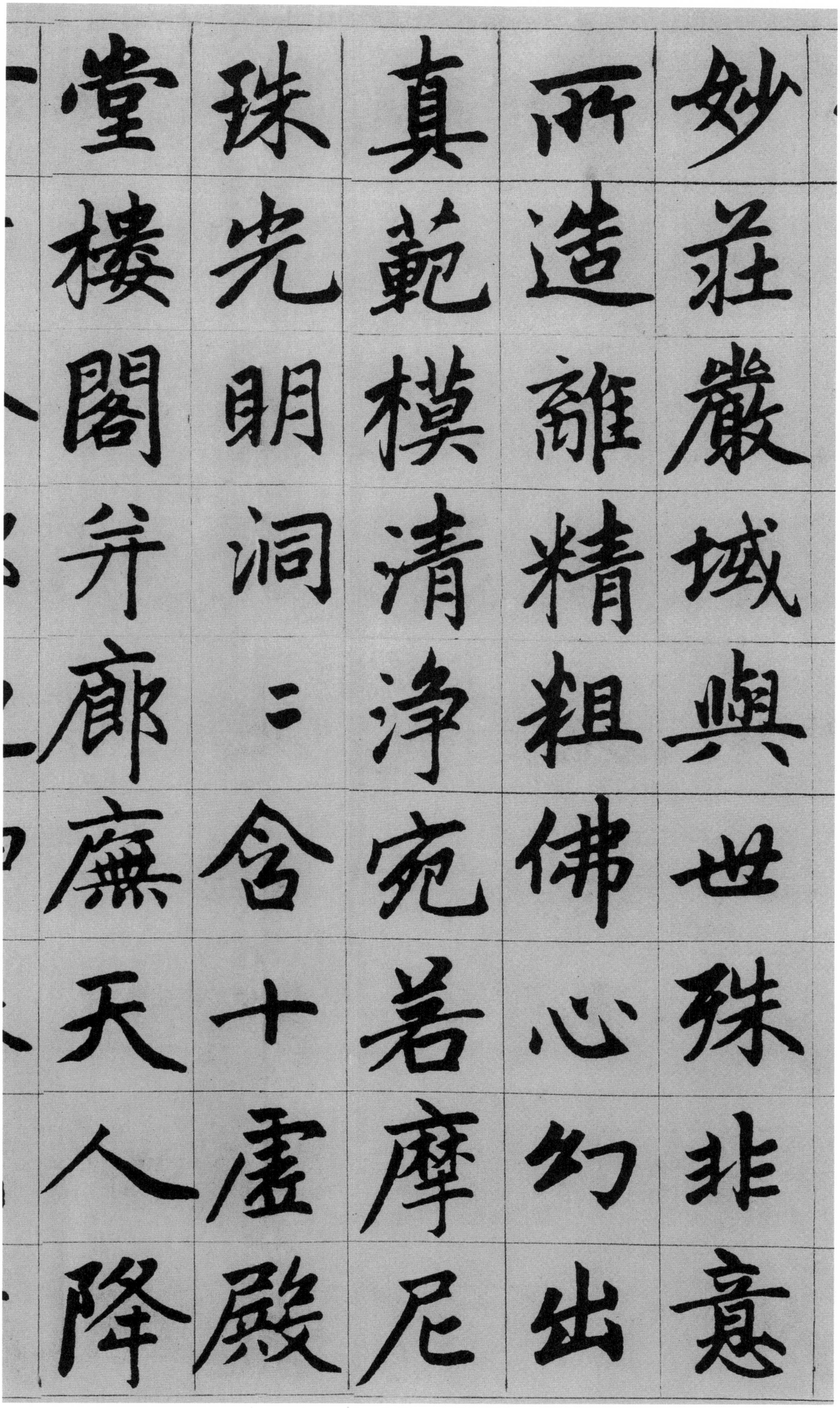

妙莊嚴域與世殊非意　所造離精粗佛心幻出　真範模清浄（净）宛若摩尼　珠光明洞洞含十虚殿　堂樓閣并廊廡天人降

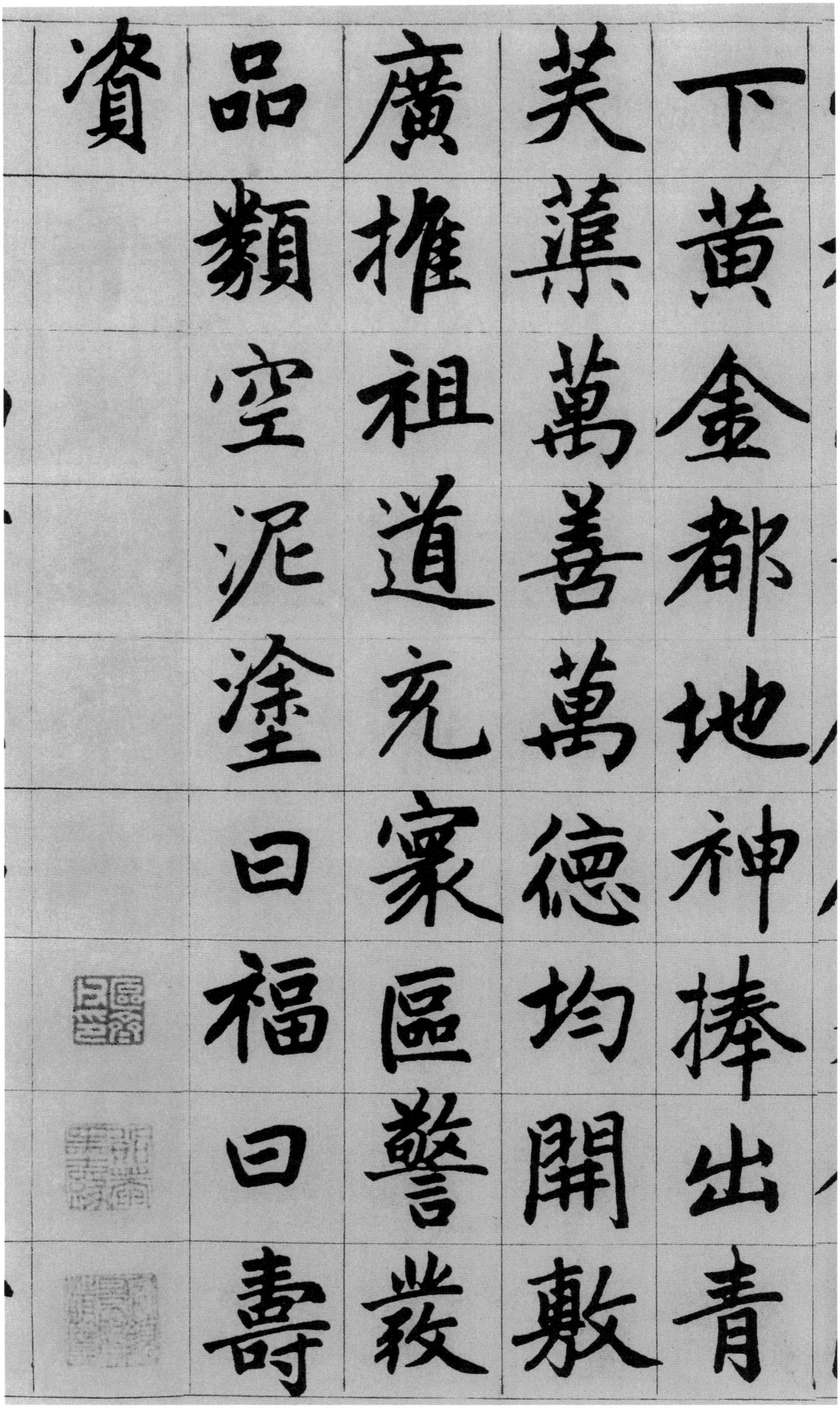

下黃金都地神捧出青　芙蕖萬善萬德均開敷　廣推祖道充寰區警發　品類空泥塗曰福曰壽（壽）　資

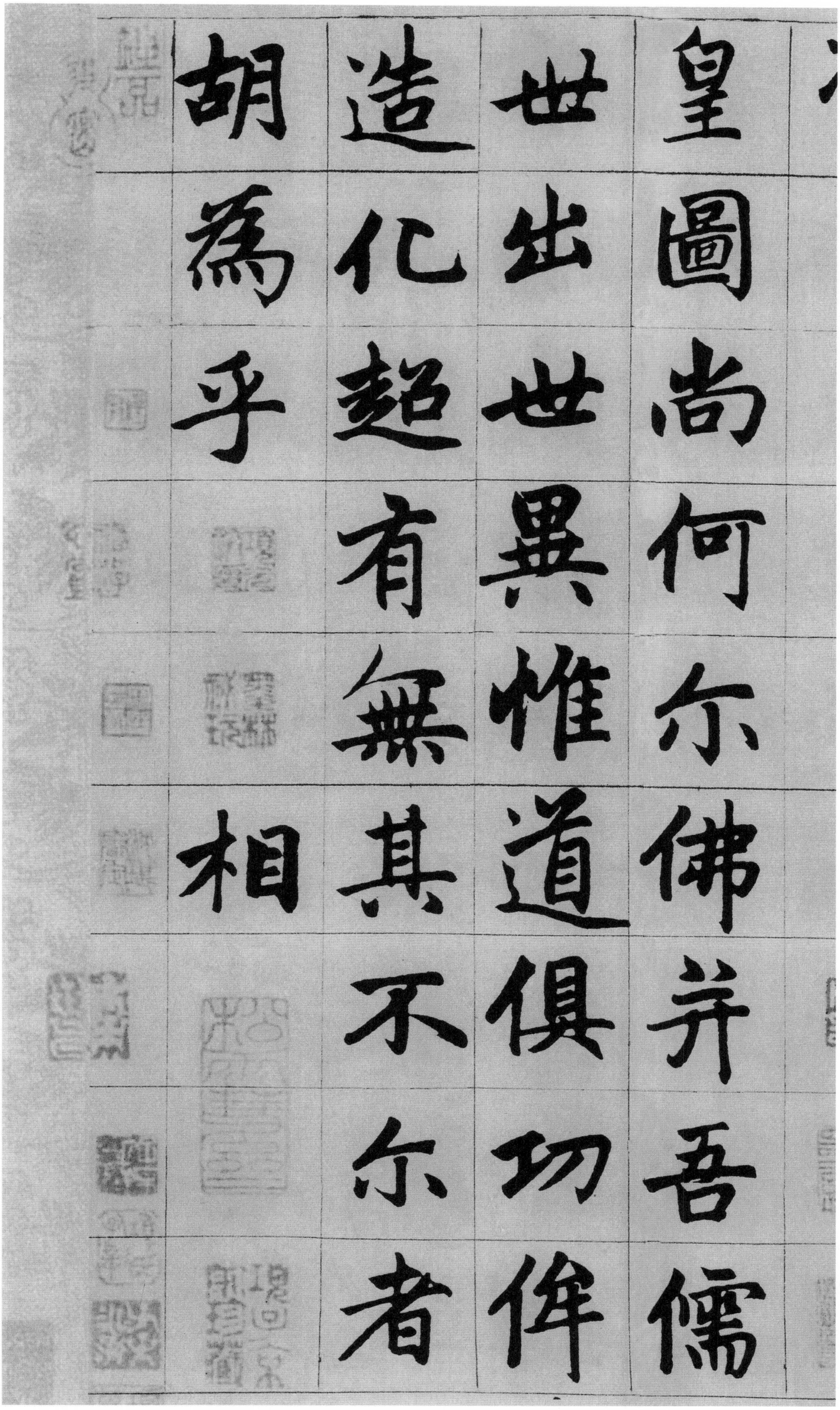

皇圖尚何尔佛并吾儒　世出世異惟道俱功侔　造化超有無其不尔者　胡爲乎相

泰州尹趙孟頫

妙嚴寺
興郡城

徐林東
山西傍

暎帶清
誠一方

流而離
勝境也

絕卿塵
先是宗

法華宗
雙徑佛

闍禪師
妙嚴易

大藏經森羅念

莊嚴佛
函貝牒

蓮池以歸之寶

聚凡磔
觀至元

大藏經
公之將

如寧後
大延壽

一念明
間豪髮

圓通殿
殊勝王

如妙重
福等屋

金碧駒
架洪鐘

千佛閣
諸俊皆

方丈凡
于成顧

集無邊
會演唱

妙嚴冠
良有以

殫其蘊
主即佛

理約之妙巖乃

邃宇廣

心所現

作佛事
絶空輪

妙莊嚴何取焉

離精粗
模清淨

佛心勿
究若摩

尔佛并惟道俱

書法學習必讀

續書譜——

宋·姜夔 撰著
鄧 綮 圖解

〇真書

真書以平正爲善，此世俗之論，唐人之失也。古今真書之神妙，無出鍾元常〔一〕，其次王逸少〔二〕。今觀二家之書，皆瀟灑縱橫，何拘平正？

真書要寫得端正方算好字，這是一般世俗的說法，也是唐人的失敗處。（唐人書專講方正平直，謹守規矩，晉人的飄逸風神，已被掃地無餘，所以說這是唐人書法上的失敗。）古今來真書寫得最神妙的，無過鍾繇，其次要數王羲之，我們看這兩家的字，都瀟灑縱橫，何嘗拘守方正平直。

遐于卿佐必異良方出於
言可擇郎廟況繇始以跡賤
鍾繇

郎墨大夫之義也任窮則從微子適
也開彌廣之路以待田單之達長容
王羲之

良由唐人以書判取士，而士大夫書類有科舉〔三〕習氣，顏魯公「干祿字書」〔四〕是其證也。矧（況）歐、虞、顏、柳，〔五〕前後相望，故唐人下筆，應規入矩，無復魏、晉飄逸之氣。

由於唐人以書法作取士標準，因此士大夫階級的字大都沾染了科舉習氣，顏魯公的「干祿字書」就是證據。何況歐、虞、顏、柳四大家，前後相接，唐人受了他們的影響，所以一下筆總是循規蹈矩，不再有魏、晉那樣飄逸氣象了。

歐陽詢
虞恭公碑

睠命吹萬歸仁
平承鴻業明王
虞世南
夫子廟堂碑

顏真卿
麻姑仙壇記

柳公權
玄秘塔碑

且字之長短、大小，斜正、疏密，天然不齊，孰能一之。——謂如「東」字之長，「西」字之短，「口」字之小，「體」字之大，「朋」字之斜，「黨」字之正，「千」字之疏，「萬」字之密，畫多者宜瘦，少者宜肥。魏、晉書法之高，良由各盡字之真態，不以私意參之耳。或者專喜方正，極意歐顏；或者惟務勻圓，專師虞永[六]；或謂體須稍扁，則自然平正，此又有徐會稽[七]之病；或云欲其蕭散，則自不塵俗，此又有王子敬[八]之風，豈足以盡書法之美哉。真書用筆，自有八法，我嘗采古人之字，列之為圖，今略言其指：

「點」者，字之眉目，全籍顧盼精神，有向有背，隨字異形；

而且字的長短、大小，斜正、疏密，天然不齊，誰能將它畫一起來呢？——例如「東」字字形長，「西」字字形短，「口」字字形小，「體」字字形大，「朋」字字形斜，「黨」字字形正，「千」字字形疏，「萬」字字形密，筆畫多的宜寫得瘦些，筆畫少的宜寫得肥些。魏晉人書法的高妙，只是能各盡字形真態，而不參加自己的私意而已。有的人專喜方正，就極意臨摹歐陽詢、顏真卿；有的人力主圓勻，就專門取法虞世南、智永；有的說，結體稍扁，就自然平正，這又犯了徐浩的老毛病；有的說，寫得疏散，就自然不會俗氣，這又中了王獻之的惡習氣，總之都是一偏之見，哪足以該括書法的美處呢。真書用筆，本有八法，我曾摘取古人墨跡，排成圖表，現在扼要地談談它的內容：

「點」，是一個字的眉眼，全靠顧盼有情，隨着不同字形，或向、或背；

永衣　一點居中，顧盼下面。

共　二點相向

性　二點相背

必　三點相向

恭　三點相背

雨　四點相向

無　四點相背

「橫、直畫」者，字之體骨，欲其堅正勻靜，有起有止，所貴長短合宜，結束堅寔(實)；

「橫、直畫」，是一々字的骨架，要能完整勻靜，有起有落，所貴長短合適，結構堅實；

二三王　橫與橫的距離要相等，長短要不同。如兩橫的字，上橫要短，下橫要長。三橫的字，中間一橫又要比上橫短些。

言其書　橫畫多的字，除橫距相等外，還要注意長短適宜。

件非門　兩直相並的字，左直要比右直短些。

冊冊無　直畫多的字，最後一直，或長些，或斜些，須不同於其它直畫。

赫聶肅　橫直畫並多的字，橫畫與直畫都要長短不同。

「丿(撇)、乀(捺)」者，字之手足，伸縮異度，變化多端，要如魚翼(鰭)、鳥翅，有翩々自得之狀；

「丿、乀」，是一々字的手脚，伸縮不同，變化多端，要像魚的胸鰭、鳥的翅膀，有翩々自得的樣子；

人風月　左邊的撇，要比右邊短些。

大史更　撇在中間的，要與捺略相等。

名才老　長撇要自然而有力。

友及行　兩撇並見，要姿勢各別，不可平行。

大人入　斜捺要比撇長些。

近延之　平捺要曲折自然。

炙發鑫　有兩捺或以上的字，只能用一々捺，其餘的捺，都用、代替。

「㇀(挑)、亅(趯)」者，字之步履，欲其沉着。或長，或短，或向上，或向下，或向右，或向左，或輕出而稍斜，或隨衄(頓)而峻發，各隨字之用處；

「㇀、亅」，是一々字的步履，或長，或短，或向上，或向下，或向右，或向左，或輕々的帶斜挑出，或重實地借頓勢轉向，各隨字的用處而定；

打江物 地理端 以冷氏 羊立自 千瓜升 去草好 几也見 空足皮 小方句 戈民幾

長挑 要緩緩地挑出。
短挑 比長挑快些。
向上挑 同短挑。
向下挑 要帶一帶勢。
向左挑 要緩緩地挑向左。
向右挑 同長挑
向上趯 轉彎處要像折鋼絲那樣表示出堅韌力量。
向下趯 要勁而有力。
向左趯 趯處筆鋒作ㄣ運動。
向右趯 彎勢要自然、有力。

「轉、折」者,方圓之法:真多用折,草多用轉。折欲少駐,駐則有力;轉不欲滯,滯則不遒。然而真以轉而後遒,草以折而後勁,不可不知也。

「轉、折」,是方圓的法則:真書多用折筆,草書多用轉筆。折筆要稍留駐,留駐就有力;轉筆不可停滯,停滯就沒勁。然而真書兼用轉筆,可使更遒健,草書兼用折筆,可使更險勁,這一點學者不可不知。

草書得字

真書「唐」字的上下兩個ㄱ,草書「得」字的左下角ㄥ及右上角ㄱ,都是折筆。所謂「折」,就是筆鋒從陽面翻到陰面,或從陰面翻到陽面,所以是方筆勢。如「唐」字的兩ㄱ,「得」字右上角的ㄱ,都是從陽面翻到陰面;「得」字左下角的ㄥ,是從陰面翻到陽面。參看第二頁飛白筆勢即明。又如「唐」下口字的左直畫作ㄅ,筆鋒在畫中作ㄣ運動,「得」字右邊的ㄋ,筆鋒作ㄋ運動,這都是轉筆。所謂轉,即在行筆時輕輕將筆鋒絞轉,所以是圓勢的。

「懸針」者,筆欲極正,自上而下,端若引繩。若垂而復縮,謂之「垂露」。故翟伯壽[九]問於米老[十]:「書法當何如」?米老云:「無垂不縮,無往不收」。此必至精至熟,然後能之。

所謂「懸針」,筆要執得極正,從上而下,像拉直的繩子一樣。如果往下拉後再縮了回去,這就叫做「垂露」。從前翟伯壽問米老:「字要怎樣寫才對」?米老回答說:「無垂不縮,無往不收」就是「垂露」法——這八個字看似簡單,然必須寫至極精極熟,方能達到。

懸針

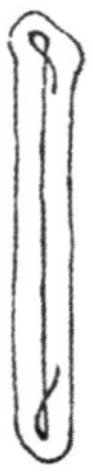

垂露（即藏鋒）

古人遺墨，得其一點一畫，皆昭然絕異者，以其用筆精妙故也。大令以來，用筆多尖，一字之間，長短相補，斜正相拄，肥瘦相混，求妍媚於成體之後，至於今尤甚焉。

古人遺下來的墨跡，無論獲得的雖僅一點一畫，總覺得跟現代人書法有顯著的不同，這就是古人用筆精妙的緣故啊！自王獻之以後，書家都用仰筆尖鋒，單就一字之間講究，長與短互相補湊，斜與正互相支柱，肥與瘦互相混雜，這樣來追求成字後的姿媚漂亮，時至於今，更甚於前。

注一　鍾繇，字元常，三國魏河南潁川人。官至太傅，故人稱鍾太傅。

二　王羲之，字逸少，東晉山東琅琊人。他是王曠的兒子，王導的從姪。官右軍將軍、會稽內史，故人稱王右軍，亦稱王會稽。後世推崇魏、晉書法，多鍾、王並稱，他更被尊為書聖。

三　科舉是一種考試制度，起於唐代，用各種科目考選讀書人，書法為主要科目之一。

四　「干祿字書」，是顏真卿的叔祖顏元孫所著，專用作教子弟學習書法，謀取官職的課本，全是楷書正體。後來顏真卿又重寫了一遍。

五　虞世南，字伯施，浙江餘姚人。隋時官秘書郎，唐貞觀七年任秘書監，賜爵永興縣子，故人稱虞秘監，亦稱虞永興。柳公權，字誠懸，陝西人。唐元和進士。他書法從顏魯公出，後自成一家。歐、虞都是隋時人，顏，唐玄宗時人，柳，唐憲宗時人，兩人也相隔好幾十年，所以稱「前後相望」。

六　智永和尚，南北朝陳時人，他是王羲之七世孫（一說五世孫），人稱永禪師或永師。學書三十年，曾寫真草千字文八百本。

七　徐浩，字季海，浙江會稽人。唐肅宗時官中書舍人，人稱徐會稽。傳世以不空和尚碑為最有名。

八　王獻之，字子敬，王羲之的第七子。書法與父齊名，世稱「二王」。官至中書令，死後，族弟王珉繼承他的職位，所以後世稱他為大令，稱王珉為小令。

九　翟耆年，字伯壽，別號黃鶴山人，宋，丹陽人，著有籀史。

十　米芾（亦作黻），字元章，自號海嶽外史，宋，湖北襄陽人，人稱米海嶽，米襄陽。曾官禮部員外郎，故稱米南宮。又因他為人放浪脫略，不羈形迹，所以大家稱他米顛。

○真書用筆

用筆不欲太肥，肥則形濁；

用筆不要太肥，肥了字就渾濁；

太肥

又不欲太瘦，瘦則形枯；

也不要太瘦，太瘦字就枯燥；

不欲多露鋒芒，露則意不持重；

不要多露鋒芒，鋒芒太露，字就不穩重；

在

太瘦

天

鋒芒太露

不欲深藏圭（棱）角，藏則體不精神。

不要深藏棱角，不見棱角，字就沒有精神；

南

全無棱角

不欲上小下大；

不要上頭小，下頭大；

雲

上小下大

不欲左低右高；

不要左邊低，右邊高；

嗚

左低右高

不欲前多後少。

不要先佔地位多，後佔地位少。

醫

先寫殹，佔的地位多，後寫酉，佔的地位少。

歐陽率更結體太拘，而用筆特備衆美，雖小楷而翰墨灑落，追蹤鍾、王，來者不及也。

歐陽詢的書法，結體雖太拘束，但他的用筆，特別具備衆美，他雖然寫小楷，也筆墨瀟灑，可以上追鍾、王，後來的人，是誰也及不上他的。

識無眼耳鼻舌身意
無眼界乃至無意識
明盡乃至無老死亦

歐陽詢
小楷心經

顏、柳結體，既異古人，用筆復溺於一偏，予評二家爲書法之一變，數百年間，人爭效之，字畫剛勁高明，固不無爲書法之助，而晉、魏之風規則掃地矣。然柳氏大字偏旁，清勁可喜，更爲奇妙，近世亦有倣（仿）效之者，則濁俗不除不可觀，故知與其太肥，不若瘦硬也。

顏、柳結體，既與古人不同，用筆又陷於偏見，（指顏、柳專用正鋒，不懂側鋒取勢，所以沒有飄逸氣象。）我批評這兩家是書法史上一々大變革，數百年來，人們都爭着模仿效學，雖然這兩家筆畫剛勁高明，不能說對書法藝術沒有絲毫幫助，但魏、晉風格畢竟掃地無遺。柳的大字偏旁，清勁可喜，更為奇妙，可是近代也有學柳字的，都免不了濁俗二字，變成毫不足觀，由此可知與其學肥的一路，還不如學瘦硬一路來得好。

图书在版编目（C I P）数据

元　赵孟頫　《妙严寺记》/ (元) 赵孟頫书. --
北京 : 人民美术出版社, 2023.6
（人美书谱. 楷书）
ISBN 978-7-102-09150-1

Ⅰ. ①元… Ⅱ. ①赵… Ⅲ. ①楷书—碑帖—中国—元
代 Ⅳ. ①J292.25

中国国家版本馆CIP数据核字(2023)第077542号

人美书谱 楷书

REN MEI SHUPU KAISHU

元　赵孟頫　妙严寺记

YUAN ZHAO MENGFU MIAOYASI JI

编辑出版　人民美術出版社
（北京市朝阳区东三环南路甲3号　邮编：100022）
http://www.renmei.com.cn
发行部：（010）67517799
网购部：（010）67517743

责任编辑　李宏禹　张　侠
装帧设计　翟英东
责任校对　魏平远
责任印制　胡雨竹
制　　版　朝花制版中心
印　　刷　雅迪云印（天津）科技有限公司
经　　销　全国新华书店

版　次：2023年6月　第1版
印　次：2023年6月　第1次印刷
开　本：710mm × 1000mm　1 / 8
印　张：7.5
字　数：30千
印　数：0001—3000册
ISBN　978-7-102-09150-1
定　价：38.00元